死水

U0830481

目錄

闻一多先生的书桌

口供

我不騙你，我不是什麼詩人，
縱然我愛的是白石的堅貞，
青松和大海，鴉背馱着夕陽，
黃昏裏織滿了蝙蝠的翅膀。
你知道我愛英雄，還愛高山，
我愛一幅國旗在風中招展，
自從鵝黃到古銅色的菊花。

記着我的糧食是一壺苦茶！
可是還有一個我，你怕不怕？——
蒼蠅似的思想，垃圾桶裏爬。

收回

那一天只要命運肯放我們走！
不要怕；雖然得走過一個黑洞，
你大膽的走；讓我掇着你的手；
也不用問那裏來的一陣陰風。

只記住了我今天的話，留心那
一掬溫存，幾朶吻，留心那幾炷笑，

都給拾起來，沒有差；——記住我的話，
拾起來，還有珊瑚色的一串心跳。

可憐今天苦了你——心渴望着心——
那時候該讓你拾，拾一個痛快
拾起我們今天損失了的黃金。
那斑爛的殘瓣，都是我們的愛，
拾起來，戴上。
你戴着愛的圓光，
我們再走，管他是地獄，是天堂！

『你指着太陽起誓』

你指着太陽起誓，叫天邊的鳧雁
說你的忠貞。好了，我完全相信你，
甚至熱情開出淚花，我也不詫異。
祇是你要說什麼海枯，什麼石爛……
那便笑得死我。這一口氣的工夫
還不夠我陶醉的？還說什麼『永久？』
愛，你知道我祇有一口氣的貪圖，

快來箍緊我的心，快！快啊，你走，你走……

我早算就了你那一手——也不是變卦——
『永久』早許給了別人，粃糠是我的份，
別人得的纔是你的菁華——不壞的千春。
你不信？假如一天死神拿出你的花押，
你走不走？去去！去去戀着他的懷抱，
跟他去講那海枯石爛不變的貞操！

什麼夢？

一排雁字倉皇的渡過天河，
寒雁的哀呼從她心裏穿過，
『人啊，人啊』她嘆道，
『你在那裏，在那裏叫着我？』

黃昏擁着恐怖，直向她進逼，
一團劇痛沈澱在她的心裏，

『天啊，天啊』她叫道，
『這到底，到底是什麼意義？』
道是那樣長，行程又在夜裏，
她站在生死的門限上猶夷，
『煩悶，煩悶』他想道，
『我將永遠，永遠結束了你！』
決斷寫在她臉上，——決斷的從容，……
忽然搖籃裏哇的一陣警鐘，

『兒啊，兒啊』她哭了，

『我做的是什麼是什麼夢？』

大鼓師

我掛上一面豹皮的大鼓，
我敲着它遊遍了一個世界，
我唱過了形形色色的歌兒，
我也聽飽了喝不完的彩。

一角斜陽倒挂在檐下，
我躡着芒鞋，踏入了家村。

『咱們自己的那只歌兒呢？』
她趕上前來，一陣的高興。

我會唱英雄，我會唱豪傑，
那倩女情郎的歌，我也唱，
若要問到咱們自己的歌，
天知道，我眞說不出的心慌！

我却吞下了悲哀，叫她一聲，
『快拿我的三弦來，快呀快！

這隻破鼓也忒嫌鬧了，我要
那弦子彈出我的歌兒來。』

我先彈着一羣白鴿在霜林裏，
珊珊爪兒踩着黃葉一堆；
然後你聽那秋蟲在石縫裏叫，
忽然又變了冷雨灑着柴扉。

灑不盡的雨，流不完的淚，……
我叫聲『娘子！』把弦子丟了，

『今天我們拿什麼作歌來唱？
歌兒早已化作淚兒流了！

『怎麼？怎麼你也抬不起頭來？
啊！這怎麼辦，怎麼辦！……
來！你來！我兜出來的悲哀，
得讓我自己來吻它乾。

『只讓我這樣呆望着你，娘子，
像窗外的寒蕉望着月亮，

讓我只在靜默中讚美你，
可是總想不出什麼歌來唱。

『縱然是刀斧削出的連理枝，
你瞧，這姿勢一點也沒有拙。
我可憐的人，你莫疑我，
我原也不怪那揮刀的手。

『你不要多心，我也不要問，
山泉到了井底，還往那裏流？

我知道你永遠起不了波瀾，
　我要你永遠給我潤着歌喉。

『假如最末的希望否認了孤舟，
　假如你拒絕了我，我的船塢！
我戰着風濤，日暮歸來
　誰是我的家，誰是我的歸宿？

『但是，娘子啊！在你的尊前，
　許我大鼓三弦都不要用；

我們委實沒有歌好唱，我們
既不是兒女，又不是英雄！
——

狼狽

假如流水上一抹斜陽
悠悠的來了，悠悠的去了；
假如那時不是我不留你，
那顆心不由我作主了。

假如又是灰色的黃昏
藏滿了蝙蝠的翅膀；

假如那時不是我不念你，
那時的心什麼也不能想，

假如落葉像敗陣紛逃，
暗影在我這窗前睥睨；
假如這顆心不是我的了，
女人，敎它如何想你？

假如秋夜也這般的寂寥……
嘿！這是誰在我耳邊講話？

這分明不是你的聲音，女人；
假如她偏偏要我降她。

你莫怨我

你莫怨我！
這原來不算什麼，
人生是萍水相逢，
讓他萍水樣錯過。
你莫怨我！

你莫問我！

淚珠在眼邊等着，
只須你說一句話，
一句話便會碰落，
你莫問我！

你莫惹我！
不要想灰上點火。
我的心早累倒了，
最好是讓它睡着，
你莫惹我！

你莫碰我！
你想什麼，想什麼？
我們是萍水相逢，
應得輕輕的錯過。
你莫碰我！

你莫管我！
從今加上一把鎖；
再不要敲錯了門，

今回算我撞的祸，
你莫管我！

你看

你看太陽像眠後的春蠶一樣，
鎮日吐不盡黃絲似的光芒；
你看負暄的紅襟在電桿梢上
酣眠的錦鴨泊在老柳根旁。

你眼前又陳列着青春的寶藏，
朋友們，請就在這眼前欣賞；

你有眼睛請再看青山的巒障
但莫向那山外探望你的家鄉。

你聽聽那枝頭頌春的梅花雀，
你得揩乾眼淚，和他一只歌。
朋友，鄉愁最是個無情的惡魔，
他能教你眼前的春光變作沙漠。

你看春風解放了冰鎖的寒溪，
半溪白齒琮琮的漱着漣漪，

細草又織就了釉釉的綠意，
白楊枝上招展着么小的銀旗。

朋友們，等你看到了故鄉的春，
怕不要老盡春光老盡了人？
呵，不要探望你的家鄉，朋友們，
家鄉是個賊他能偸去你的心！

也許

（葬歌）

也許你眞是哭得太累，
也許，也許你要睡一睡，
那麼叫蒼鷺不要咳嗽，
蛙不要號，蝙蝠不要飛，

不許陽光攢你的眼簾，

不許清風刷上你的眉，
無論誰都不許驚醒你，
我吩咐山靈保護你睡，

也許你聽着蚯蚓翻泥，
聽那細草的根兒吸水，
也許你聽這般的音樂
比那咒罵的人聲更美；

那麼你先把眼皮閉緊，

我就讓你睡，我讓你睡，
我把黃土輕輕蓋着你，
我叫紙錢兒緩緩的飛。

忘掉她

忘掉她，像一朵忘掉的花，——
　那朝霞在花瓣上，
　那花心的一縷香——
忘掉她，像一朵忘掉的花！

忘掉她，像一朵忘掉的花！
　像春風裏一齣夢，

像夢裏的一聲鐘，
忘掉她，像一朵忘掉的花！

忘掉她，像一朵忘掉的花！
聽蟋蟀唱得多好，
看墓草長得多高；
忘掉她，像一朵忘掉的花！

忘掉她，像一朵忘掉的花！
她已經忘記了你，

她什麼都記不起；
忘掉她，像一朵忘掉的花！

忘掉她，像一朵忘掉的花！
年華那朋友眞好，
他明天就教你老；
忘掉她，像一朵忘掉的花！

忘掉她，像一朵忘掉的花！
如果是有人要問，

就說沒有那個人；
忘掉她，像一朵忘掉的花！

忘掉她，像一朵忘掉的花！
像春風裏一齣夢，
像夢裏的一聲鐘，
忘掉她，像一朵忘掉的花！

淚雨

他在那生命的陽春時節，
曾流着號飢號寒的眼淚；
那原是舒生解凍的春霖，
却也兆徵了生命的哀悲。

他少年的淚是連綿的陰雨，
暗中澆熟了酸苦的黃梅；

如今黑雲密布，雷電交加，
他的淚像夏雨一般的滂沛。

中途的悵惘，老大的蹉跎，
他知道中年的苦淚更多，
中年的淚定似秋雨淅瀝，
梧桐葉上敲着永夜的悲歌。

誰說生命的殘冬沒有眼淚？
老年的淚是悲哀的總和；

他還有一掬結晶的老淚，
要開作漫天愁人的花朵。

末日

露水在筧筒裏哽咽着，
芭蕉的綠舌頭舐着玻璃窗，
四圍的堊壁都往後退，
　我一人塡不滿偌大一間房。

　我心房裏燒上一盆火，
靜候着一個遠道的客人來，

我用蛛絲鼠矢餵火盆，
我又用花蛇的鱗甲代劈柴。
雞聲直催，盆裏一堆灰，
一股陰風偷來摸着我的口，
原來客人就在我眼前，
我眼皮一閉，就跟着客人走。

死水

這是一溝絕望的死水，
清風吹不起半點漪淪。
不如多扔些破銅爛鐵，
爽性潑你的賸菜殘羹。

也許銅的要綠成翡翠，
鐵罐上銹出幾瓣桃花；

再讓油膩織一層羅綺，
黴菌給他蒸出些雲霞。

讓死水酵成一溝綠酒，
飄滿了珍珠似的白沫；
小珠笑一聲變成大珠，
又被偸酒的花蚊皭破。

那麼一溝絕望的死水，
也就誇得上幾分鮮明。

如果青蛙耐不住寂寞，
又算死水叫出了歌聲。

這是一溝絕望的死水，
這裏斷不是美的所在，
不如讓給醜惡來開墾，
看他造出個什麼世界。

春光

靜得像入定了的一般，那天竹，
那天竹上密葉遮不住的珊瑚；
那碧桃；在朝暾裏運氣的麻雀。
春光從一張張的綠葉上爬過。
驀地一道陽光晃過我的眼前，
我眼睛裏飛出了萬隻的金箭，
我耳邊又謠傳着翅膀的摩聲，

彷彿有一羣天使在空中邏巡……
忽地深巷裏迸出了一聲淸籟：
『可憐可憐我這瞎子，老爺太太！』

黃昏

黃昏是一頭遲笨的黑牛，
一步一步的走下了西山；
不許把城門關鎖得太早，
總要等黑牛走進了城圈。

黃昏是一頭神祕的黑牛，
不知他是那一界的神仙——

天天月亮要送他到城裏，
一早太陽又牽上了西山。

我要回來

我要回來，
乘你的拳頭像蘭花未放，
乘你的柔髮和柔絲一樣，
乘你的眼睛裏燃着靈光，
我要回來。

我沒回來，

乘你的腳步像風中盪槳，
乘你的心靈像蝛蝠打窗，
乘你笑聲裏有銀的鈴鐺，
我沒回來。

乘你的眼睛裏一陣昏迷，
我該回來，
乘一口陰風把殘燈吹熄，
乘一隻冷手來掇走了你，
我該回來。

我回來了，
乘流螢打着燈籠照着你，
乘你的耳邊悲啼着莎雞，
乘你睡着了，含一口沙泥，
我回來了。

夜歌

癩蝦蟆抽了一個寒噤，
黃土堆裏攢出個婦人，
婦人身旁找不出陰影，
月色却是如此的分明。

黃土堆裏攢出個婦人，
黃土堆上並沒有裂痕，

也不曾驚動一條蚯蚓，
或踫斷蛸蟰一根網繩。

月光底下坐着個婦人，
婦人的容貌好似青春，
猩紅衫子血樣的猙獰，
髣髿的散髮披了一身。

婦人在號咷，搥着胸心，
癩蝦蟆只是打着寒噤，

遠村的荒雞啀的一聲，
黃土堆上不見了婦人。

心跳

這燈光，這燈光漂白了的四壁；
這賢良的棹椅，朋友似的親密；
這古書的紙香一陣陣的襲來；
要好的茶杯貞女一般的潔白；
受喃的小兒啜呷在母親懷裏，
鼾聲報道我大兒康健的消息……
這神秘的靜夜，這渾圓的和平，

我喉嚨裏顫動着感謝的歌聲。
但是歌聲馬上又變成了咒詛，
靜夜！我不能，不能受你的賄賂，
誰希罕你這牆內尺方的和平！
我的世界還有更遼闊的邊境。
這四牆既隔不斷戰爭的喧囂，
你有什麼方法禁止我的心跳？
最好是讓這口裏塞滿了沙泥，
如其它只會唱着個人的休戚！
最好是讓這頭顱給田鼠掘洞，

讓這一團血肉也去餵着屍蟲，
如果只是爲了一盃酒，一本詩，
靜夜裏鐘擺搖來的一片閒適，
就聽不見了你們四鄰的呻吟，
看不見寡婦孤兒抖顫的身影，
戰壕裏的痙攣，瘋人皺着病榻，
和各種慘劇在生活的磨子下。
幸福！我如今不能受你的私賄，
我的世界不在這尺方的牆內。
聽！又是一陣砲聲，死神在咆哮。

静夜！你如何能禁止我的心跳？

一個觀念

你雋永的神秘，你美麗的謊，
你崛強的質問，你一道金光，
一點兒親密的意義，一股火，
一縷縹渺的呼聲，你是什麼？
我不疑，這因緣一點也不假，
我知道海洋不騙他的浪花。
既然是節奏，就不該抱怨歌。

啊，橫暴的威靈，你降伏了我，
你降伏了我！你絢縵的長虹——
五千多年的記憶，你不要動，
如今我只問怎樣抱得緊你……
你是那樣的橫蠻，那樣美麗！

發現

我來了，我喊一聲，迸着血淚，
『這不是我的中華，不對，不對！』
我來了，因爲我聽見你叫我；
鞭着時間的罡風，擎一把火，
我來了，不知道是一場空喜。
我會見的是噩夢，那裏是你？
那是恐怖，是噩夢掛着懸崖，

那不是你，那不是我的心愛！
我追問青天，逼迫八面的風，
我問，拳頭擂着大地的赤胸，
總問不出消息；我哭着叫你，
嘔出一顆心來你在我心裏！

祈禱

請告訴我誰是中國人，
啟示我，如何把記憶抱緊；
請告訴我這民族的偉大，
輕輕的告訴我，不要喧譁！

請告訴我誰是中國人，
誰的心裏有堯舜的心，

誰的血是荊軻聶政的血，
誰是神農黃帝的遺孽。

告訴我那智慧來得離奇，
說是河馬獻來的餽禮；
還告訴我這歌聲的節奏，
原是九苞鳳凰的傳授。

誰告訴我戈壁的沈默，
和五嶽的莊嚴？又告訴我

泰山的石霤還滴着忍耐，
大江黃河又流着和諧？

再告訴我，那一滴清淚
是孔子弔唁死麟的傷悲？
那狂笑也得告訴我才好，——
莊周，淳於髡，東方朔的笑。

請告訴我誰是中國人，
啟示我，如何把記憶抱緊；

請告訴我這民族的偉大，
輕輕的告訴我，不要喧譁！

一句話

有一句話說出就是禍，
有一句話能點得着火。
別看五千年沒有說破，
你猜得透火山的緘默？
說不定是突然着了魔，
突然青天裏一個霹靂
爆一聲：

『咱們的中國！』

這話教我今天怎麼說？
你不信鐵樹開花也可，
那麼有一句話你聽着。
等火山忍不住了緘默，
不要發抖，伸舌頭，頓脚，
等到青天裏一個霹靂
爆一聲：
『咱們的中國！』

荒村

『……臨淮關梁園鎮間一百八十里之距離，已完全斷絕人烟。汽車道兩旁之村莊，所有居民，逃避一空。農民之傢具木器，均以繩相連，沈於附近水塘稻田中，以避火焚。門窗俱無，中以棺材或石堵塞。一至夜間，則燈火全無。雞犬豕等覓食野間 亦無人看守。而間有玫瑰芍藥猶牆隅自開。新出稻秧，翠藹宜人。草木無知，其斯之謂歟？』

民國十六年，五月，十九日新聞報

他們都上那裏去了？怎麼
蝦蟆蹲在甑上，水瓢裏開白蓮；
桌椅板凳在田裏堰裏飄着；
蜘蛛的繩橋從東屋往西屋牽？
門框裏嵌棺材，窗櫺裏鑲石塊！
這景象是多麼古怪多麼慘！
鐮刀讓它銹着快銹成了泥，

拋着整個的魚網在灰堆裏爛。
天呀！這樣的村莊都留不住他們！
玫瑰開不完，荷葉長成了傘；
秧針這樣尖，湖水這樣綠，
天這樣青，鳥聲像露珠樣圓。
這秧是怎樣綠的，花兒誰叫紅的？
這泥裏和着誰的血，誰的汗？
去得這樣的堅決，這樣的脫灑．
可有什麼苦衷，許了什麼心願？
如今可有人告訴他們：這裏

猪在大路上游，鴨往猪羣裏攢，
雄雞踏翻了芍藥，牛吃了菜——
告訴他們太陽落了，牛羊不下山，
一個個的黑影在崗上等着，
四合的巒障龍蛇虎豹一般，
它們望一望，打了一個寒噤，
大家低下頭來，再也不敢看；
（這也得告訴他們）它們想起往常
暮寒深了，白楊在風裏顫，
那時只要站在山頭嚷一句，

山路太險了，還有主人來攙；
然後笛聲送它們踏進欄門裏，
那稻草多麼香，屋子多麼暖！
它們想到這裏，滾下了一滴熱淚，
大家擠作一堆，臉偎着臉……
去！去告訴它們主人，告訴他們，
什麼都告訴他們，什麼也不要瞞！
叫他們回來！叫他們回來！
問他們怎麼自己的牲口都不管？
他們不知道牲口是和小兒一樣嗎？

可憐的畜生它們多麼沒有膽！
喂！你報信的人也上那裏去了？
快去告訴他們—告訴王家老三，
告訴周大和他們兄弟八個，
告訴臨淮關一帶的莊家漢，
還告訴那紅臉的鐵匠老李，
告訴獨眼龍，告訴徐半仙，
告訴黃大娘和滿村莊的婦女—
告訴他們這許多的事，一件一件。
叫他們回來，叫他們回來！

這景象是多麼古怪，多麼慘！
天呀！這樣的村莊留不住他們；
這樣一個桃源，瞧不見人煙！

罪過

老頭兒和擔子摔一交，
滿地是白杏兒紅櫻桃。
老頭兒爬起來直哆嗦，
『我知道我今日的罪過！』
『手破了，老頭兒你瞧瞧。』
『唉！都給壓碎了，好櫻桃！』

『老頭兒你別是病了罷？
你怎麼直楞着不說話？』
『我知道我今日的罪過，
一早起我兒子直催我。
我兒子躺在床上發狠，
他駡我怎麼還不出城。

『我知道今日個不早了，
沒想到一下子睡着了。
這叫我怎麼辦，怎麼辦？

回頭一家人怎麽喫飯？」
老頭兒拾起來又掉了，
滿地是白杏兒紅櫻桃。

天安門

好傢伙！今日可嚇壞了我！
兩條腿到這會兒還哆嗦。
瞧着，瞧着，都要追上來了，
要不，我爲什麼要那麼跑？
先生，讓我喘口氣，那東西，
你沒有瞧見那黑漆漆的，
沒腦袋的，蹩腳的，多可怕，

還搖晃着白旗兒，說着語。
這年頭眞沒法辦，你問誰？
眞是人都辨不了，別說鬼。
還開會啦，還不老實點兒！
你瞧，都是誰家的小孩兒，
不才十來歲兒嗎？幹嗎的？
腦袋瓜上不是使槍軋的？
先生，聽說昨日又死了人，
管包死的又是傻學生們。
這年頭兒也眞有那怪事，

那學生們有的喝，有的喫，——
咱二叔頭年死在楊柳靑，
那是餓的沒法兒去當兵，——
誰拿老命白白的送閻王！
咱一輩子沒撒過謊，我想
剛灌上倆子兒油，一整勺，
怎麼走着走着瞧不見道。
怨不得小禿子嚇掉了魂，
勸人黑夜裏別走天安門。
得！就算咱拉車的活倒霉，

趕明日北京滿城都是鬼！

飛毛腿

我說飛毛腿那小子也眞夠瘪扭，
管包是拉了半天車得半天歇着，
一天少了說也得二三兩白干兒，
醉醺醺的一死兒拉着人談天兒。
他媽的誰能陪着那個小子混呢？
『天爲啥是藍的？』沒事他該問你。
還吹他媽什麼簫，你瞧那副神兒，

窩着件破棉襖，老婆的，也沒準兒，
再瞧他擦着那車上的倆大燈籠，
擦着擦着問你曹操有多少八馬。
成天兒車燈車把且擦且不完啦，
我說『飛毛腿你怎不擦擦臉啦？』
可是飛毛腿的車擦得眞夠亮的，
許是得擦到和他那心地一樣的！
嗐！那天河裏飄着飛毛腿的屍首，……
飛毛腿那老婆死得太不是時候！

洗衣歌

洗衣是美國華僑最普遍的職業。因此留學生常常被人問道『你的爸爸是洗衣裳的嗎？』許多人忍受不了這侮辱。然而洗衣的職業確乎含着一點神秘的意義。至少我曾經這樣的想過。作洗衣歌。

（一件，兩件，三件，）

洗衣要洗乾淨！
（四件，五件，六件，）
熨衣要熨得平！

我洗得淨悲哀的濕手帕，
我洗得白罪惡的黑汗衣，
貪心的油膩和慾火的灰……。
你們家裡一切的髒東西，
交給我洗，交給我洗。

銅是那樣臭，血是那樣腥，
髒了的東西你不能不洗，
洗過了的東西還是得髒，
你忍耐的人們理它不理？
替他們洗！替他們洗！

你說洗衣的買賣太下賤，
肯下賤的只有唐人不成？
你們的牧師他告訴我說：
耶穌的爸爸做木匠出身，

你信不信？你信不信？

胰子白水耍不出花頭來，
洗衣裳原比不上造兵艦。
我也說這有什麼大出息——
流一身血汗洗別人的汗？
你們肯幹？你們肯幹？

年去年來一滴思鄉的淚，
半夜三更一盞洗衣的燈……

下賤不下賤你們不要管，
看那裏不乾淨那裏不平，
問支那人，問支那人。

我洗得淨悲哀的濕手帕，
我洗得白罪惡的黑汗衣，
貪心的油膩和慾火的灰，
你們家裏一切的髒東西，
交給我洗，交給我洗，

（一件，兩件，三件，）
洗衣要洗乾淨！
（四件，五件，六件，）
熨衣要熨得平！

聞一多先生的書桌

忽然一切的靜物都講話了，
忽然間書桌上怨聲騰沸：
墨盒呻吟道『我渴得要死！』
字典喊雨水漬濕了他的背；

信箋忙叫道彎痛了他的腰；
鋼筆說煙灰閉塞了他的嘴，

毛筆講火柴燒禿了他的鬚，
鉛筆抱怨牙刷壓了他的腿；
香爐咕嘍着『這些野蠻的書
早晚定規要把你擠倒了！』
大鋼錶嘆息快睡銹了骨頭；
『風來了！風來了！』稿紙都叫了；
筆洗說他分明是盛水的，
怎麼喫得慣臭辣的雪茄灰；

桌子怨一年洗不上兩回澡，
墨水壺說『我兩天給你洗一回。』

『什麼主人？誰是我們的主人？』
一切的靜物都同聲罵道，
『生活若果是這般的狠狽，
倒還不如沒有生活的好！』

主人皺着煙斗迷迷的笑，
『一切的衆生應該各安其位。

我何曾有意的糟塌你們，
秩序不在我的能力之內。」

死水　　實價五角五分

一九二九年三月初版
一九三三年四月四版

著作者　聞一多
出版者　邵洵美
發行者　新月書店

版權所有

新月書店
總發行所：上海福州路中
分發行所：北平米市大街

图书在版编目（CIP）数据

死水 / 闻一多著. -- 天津 : 百花文艺出版社,
2018.1(2021.4 重印)
(现代文学名著原版珍藏. 第一辑)
ISBN 978-7-5306-7266-2

Ⅰ. ①死… Ⅱ. ①闻… Ⅲ. ①诗集-中国-现代
Ⅳ. ①I226

中国版本图书馆 CIP 数据核字(2017)第 137026 号

死水
SISHUI
闻一多 著

选题策划：刘 勇　　**封面设计**：陆 快
责任编辑：张 雪 王 欣
出版发行：百花文艺出版社
地址：天津市和平区西康路 35 号　**邮编**：300051
电话传真：+86-22-23332651（发行部）
+86-22-23332656（总编室）
+86-22-23332478（邮购部）
网址：http://www.baihuawenyi.com
印刷：天津创先河普业印刷有限公司
开本：787×1092 毫米　1/32
字数：10 千字
印张：3.25
版次：2018 年 1 月第 1 版
印次：2021 年 4 月第 2 次印刷
定价：24.00元

如有印装质量问题，请与天津创先河普业印刷有限公司联系调换
地址：天津宝坻经济开发区宝中道北侧 5 号 5 号厂房
电话：(022)22458683　邮编：301800

版权所有　侵权必究